The Beasts of Brook Haven

An Esperanto Dual Language Novella

Created by Myrtis Smith

Published by Kylan Verde Books LLC

Kylan Verde Books LLC

Cincinnati, Ohio

Esperanto Translation by

Jorge Rafael Nogueras

Proofreading and editing provided by Stela Besenyei-Merger and Alison Miller (http://www.storyprepediting.com).

Table of Contents

Introduction

Reading is one of the best ways to increase your comprehension of a new language. Unfortunately, most new language learners only have two choices:

1. Read children's books
2. Read full length novels (while spending a lot of time looking up words in a dictionary or translator app.)

At Kylan Verde Books we'd like to offer you another choice: Dual Language Novellas.

Novellas – like this one – are short books, between 5,000 and 10,000 words. They feature multiple chapters, a variety of interesting characters, and a fully developed plot. Everything you love about reading a full-length book only shorter! You could easily read them multiple times, picking up new vocabulary and grammar each time.

The novellas are presented in a dual language format with the Esperanto story accompanied by the English version. Why use the dual language format?

1. Dual language books make reading more accessible. The new language is much less intimidating when you have supporting text.
2. Dual language books are proven to accelerate the learning of vocabulary, grammar, and sentence structure.
3. Dual language books allow the reader to compare and contrast text, thereby noticing different features of each language.
4. Dual language books serve as a connecting bridge, helping the learner develop a deeper understanding of the new language and how to use it effectively.

Here are some suggestions to help you get the most out of your dual language book:

1. Read the English story first, so that you have a general understanding of the story. Then read the Esperanto version.

2. Read the Esperanto version first, without consulting a dictionary. Then read the English version and see how much you understood.

3. Read the Esperanto version slowly, writing down every word you don't understand. Try to figure out the word from the context then refer to the English translation.

4. Read the Esperanto version aloud to work on your pronunciation.

5. Look through the English version and pick out common words and phrases that you don't know how to say in Esperanto. Refer to the Esperanto translation to see what they are.

Please note, this book contains an Esperanto *version* of the story and an English *version* of the story. While the two are very similar they are not meant to be word-for-word translations. The goal is for the reader to see how similar ideas would be conveyed in each language.

Esperanto

La bestoj de Brukhejven

Ĉapitro 1: La incidento en la bestkuracista kliniko de Robertson

(Chapter 1: The Incident at Robertson's Veterinary Clinic, p. 71)

Estis sango ĉie. Ties trodolĉa metala aromo plenigis la aeron. Tiago klinis sin sur la kapoton de sia polic-ŝarĝaŭto; li forte glutis kaj enspiris malprofunde kelkajn fojojn. Ĉi tiu kazo estos granda ĥaoso.

En la parkejo de la Bestkuracista Kliniko de Robertson estis tri policaŭtoj, kamiono de fajrobrigadistoj, kaj du ambulancoj. Malgranda homamaso ariĝis en la malsupro de la enirvojo por spekti la okazaĵojn. La flava rubando tekstanta "Atenton" kaj du policanoj tenis la homojn for. Postnelonge alvenos la novaĵelsendistoj.

La antaŭa fenestro de la kliniko estis frakasita. Estis vitro ĉie. Estis kelkaj kadavroj disĵetitaj sur la antaŭa trotuaro de la konstruaĵo; multaj estis tutaj, al aliaj mankis partoj. Jen mano; jen kruro. Iu virino aspektis kvazaŭ io estus formordinta parton de ŝia vizaĝo. Tiago fiksrigardis la teron de la florĝardeno kaj sulkis la brovojn.

"Tio estas hufospuro."

Tiago turnis sin kaj trovis unu el la esploristoj de la krimejo staranta malantaŭ li. Lia nomŝildo diris Benito kaj li tenis fotilon.

Tiago flankenklinis la kapon. "Ĉu vi pensas, ke ĉevalo faris ĉi tion?"

Benito ŝultrumis. "Mi ankoraŭ ne povas diri kio okazis ĉi tie, sed tiuj . . ." li fingromontris al la sangaj makuloj sur la trotuaro kaj en la tero, ". . . tiuj estas tutcerte hufospuroj."

Dum Tiago eniris la konstruaĵon, li preterpasis du sukuristojn kiuj rulis brankardon. La viro sur la brankardo ŝajnis senkonscia sed la oksigenmasko sur la vizaĝo igis Tiagon supozi, ke la viro vivas.

Vitro kraktintis sub liaj piedoj dum Tiago rigardis la damaĝon en la konstruaĵo. Amaso da dissplitiĝinta ligno estis ĉio, kio restis de la akcepteja skribotablo. Proksime, virino, probable la kompatinda akceptisto kiu sidis ĉe tiu skribotablo, kuŝis sur la grundo, senviva.

Sanga vojeto de hufospuroj serpentumis tra la frakasitan vitron, la disigitajn paperojn kaj aliajn derompaĵojn, alcelanta la malantaŭan angulon de la kliniko. Tie, pordo kun ŝildo tekstanta "Nur por dungitoj" defalis de siaj ĉarniroj. Ene, la bretoj estis defalintaj flanken, la medikamentaj ŝrankoj estis frakasitaj, kaj pilulboteloj estis disĵetitaj ĉien.

Tiago haltis subite por eviti paŝi en grandan sangoflakon.

Kolapsinta sur la planko estis viro kun la okuloj fermitaj kaj la okulvitroj oblikve kuŝantaj sur la vizaĝo. Granda truo komplete trairis lian bruston. Ĝi estis perfekte ronda kun glataj randoj, kvazaŭ per lasero oni trabruligus lian korpon.

Nun la hufospuroj ekhavis sencon.

Ĉapitro 2: Brukhejven
(Chapter 2: Brook Haven, p. 75)

La ŝildo fine de la alirvojo tekstis "Brukhejven, Privata Tereno. ENIRO MALPERMESATA." Tiago eniris la alirvojon kaj parkis sian ŝarĝaŭton proksime al la barilo el kiu pendis granda pendseruro. Kiam li eliris el la aŭto kaj fermis la pordon, jam estis tie virino staranta transe de la barilo.

"La ŝildo diras Eniro Malpermesata."

Tiago surmetis sian policĉapon kaj alproksimiĝis al la barilo. "Vivian, mi simple devas fari al vi kelkajn demandojn."

"Faru viajn demandojn de tie." Vivian ne moviĝis.

Tiago suspiris. "Kaj mi devas vidi ilin."

"Absolute ne." Vivian turnis sin kaj komencis foriri.

Tiago plilaŭtigis la voĉon. "Estis incidento ĉe la bestkuracista kliniko. Ses homoj mortis."

Vivian revenis al la pordego, laŭtigante la voĉon por egali la lian. "Ili faris nenion! Ni simple volas, ke oni lasu nin solaj."

Tiago fingromontris preter la barilon. "Tiuokaze permesu al mi ĉirkaŭesplori kaj mi foriros. Alimaniere mi devos havigi al mi ordonon de la kortumo kaj tio venigos pli da homoj ol nur min."

Vivian paŭzis. Ŝi turnis sin kaj rigardis al la alirvojo de sia domo. Arboj dense flankis la gruzan vojon, kaj estis sufiĉe da kurbiĝo, ke oni ne povis vidi kio estas en la foro. Tiago sciis kiom feroce ŝi protektas ilian privatecon; li atendis reziston.

Feliĉe, tamen, ŝi simple mumblis ion tre mallaŭte kaj diris, "Bone." Vivian malŝlosis la pordegon, enlasante la policanon en sian terenon. Ili ambaŭ eksupreniris la deklivon kiu malproksimiĝis de la strato. Ili marŝis silente. Tiago estis tro mirigita por paroli, ajnokaze.

Altaj, densaj arboj laŭiris la padon. Verdoj kaj brunoj iompostiome iĝis akvamarino, kaj poste purpuroj kaj rozkoloroj miksiĝis kun helaj nuancoj de bluoj. La herbo briletis kaj estis aludo de vanilo en la aero. La onidiroj pravis, do.

Vivian haltis subite. Antaŭ ili estis larĝa herbejo. Tiel kolorplena kiel la arboj ĉe la enirejo, ĝi estis akcentita per floroj. Papilioj ĉirkaŭflugetis, kaj Tiago foje ekrimarkis sciuron aŭ kuniklon. Dekstre de li estis malgranda konstruaĵo. Ĝi aspektis kiel unu el tiuj konteneroj kiun iu transformis en domon. Belstila kaj ornama per si mem, sed ties skatoleco aspektis mislokita en ĉi tiu medio. Maldekstre de li estis grenejo, granda, multkolora konstruaĵo kun tre alta tegmento.

Vivian klinis la kapon en tiun direkton. "Ili estas tie." Ŝi fajfis mallonge kaj estaĵo elvenis el la malfermita pordo de la grenejo.

La besto estis pli ol du metrojn alta. Ties kvar kruroj estis longaj kaj maldikaj. Ties muara rozkolora felo briletis sub la sunlumo. Dum ĝi henis, skuante la kapon, la suno reflektis orajn striojn ene de ties purpura kolharo.

Kaj sur ties kapo estis sola, spirala korno el kristalo.

Ĉapitro 3: La bestoj de Brukhejven
(Chapter 3: The Beasts Brook Haven, p.79)

Dum kelkaj momentoj Tiago staris senparola. Li iam aŭdis rakontojn pri unukornuloj. Ĉiu sciis pri la eksplodo en la minejo kiu malfermis enirejon al ties mondo. La ĥaoso kiu sekvis estis tipa ekzemplo de la homa monavido. Cirkoj, bestoĝardenoj, ekpraktikantoj de nigra magio, eĉ ekzotaj restoracioj volis iel profiti de la mitaj bestoj. Kaj ĝuste tiam, kiam la situacio iĝis tro, la enirejo kolapsis. Homoj estis prenintaj tro kaj tiu mondo perdiĝis porĉiame. En tiu tempo jam estis centoj, eble miloj da unukornuloj en nia mondo. Sed ili estis mortantaj. Oni aprobis leĝojn por protekti ilin kaj pro tio oni kreis kelkajn rifuĝejojn, kiel Brukhejven.

Tiago faris unu paŝon al la besto. Ĝi ŝveligis la naztruojn kaj stamfis per siaj antaŭaj kruroj kelkajn fojojn. Li tuj senmoviĝis.

Vivian ridis, moviĝante inter li kaj la besto. "Ili ne ŝatas fremdulojn." Ŝi karesis la beston, kiu klinis la kapon. La du tuŝis la frunton unu de la alia kaj staris tiel kelkajn minutojn.

Poste Vivian diris, "Kimber, jen Inspektoro Tiago Zao." Ŝi turnis sin al Tiago kaj diris, "Inspektoro Zao, jen Kimber." Kimber klinis la kapon.

Li komencis malrapide, "Ĉu ili estas telepatiaj?"

Vivian kapneis. "Ili ne estas telepatiaj. Ili estas empatiaj. Ili sentas energion; ŝanĝojn en vibrado—feliĉo, ekscitiĝo, nervozeco, timo, pasio—ĉiuj tiuj emocioj eligas energian vibradon. La unukornuloj perceptas tion. Ili povas senti ĝin, respondi al ĝi, eĉ ekuzi ĝin."

Dum Vivian parolis, Kimber faris kelkajn paŝojn al Tiago kaj komencis flareti lin. "Mi kredas, ke ŝi aprobas vin."

Tiago estis frostigita pro mirego. "Mi aŭdis la rakontojn. Vidis la bildojn. Sed mi neniam vidis unu el ili deproksime." Lia voĉo estis preskaŭ flustro dum li etendis la manon. "Ĉu mi rajtas tuŝi ŝin?"

Vivian respondis, "Se ŝi permesos tion al vi." Tiago frotis la flankon de la vizaĝo kaj kolo de Kimber. La korno glimis sub la suno. Li etendis la manon pli supren.

Vivian avertis, "Simple ne tuŝu la k—"

Tiago tuŝis la kornon. Elektra fajrero ĵetis lin planken.

"Kornon. Ne tuŝu la kornon," Vivian finis.

"Kio la fek' estis tio?" Tiago kuŝis sur la grundo, kunpremante kaj malstreĉigante la pugnojn. Lia hararo estis hirtigita, kraketante pro elektro dum milda odoro de brulantaj fibroj plenigis la aeron.

"Unukornuloj estas plenaj de energio. Ili ensuĉas energion de la medio. Ĝi koncentriĝas en ties korno."

Ŝi flankenklinis la kapon kaj pensis dum momento, poste aldonis, "Kiel statika elektro, sed pli forta."

Kimber puŝetis Tiagon per la nazo, poste tunis sin kaj ekmarŝis al la grenejo, haltante post kelkaj paŝoj por returniĝi kaj rigardi Tiagon.

Vivian ekridis denove. "Se vi volas ĉirkaŭesplori, jen via invito."

Tiago leviĝis kaj sekvis Kimberon en la grenejon. Estis du unukornuloj en la granda grenejo. Ambaŭ ripozis sur io kio aspektis kiel lito el mola fojno. Unu el ili havis bluverdan felon kun purpuraj okuloj kaj kremkoloran kornon, la felo de la alia estis peĉnigra kaj ties korno estis el kristalo kiel tiu de Kimber.

Tiago sekvis Kimberon tra la grenejo kaj eliris el la malantaŭo kie li trovis tri pliajn bestojn kiuj umis kaj manĝis la plurkoloran herbon. Du rozkolorajn kaj unu purblankan kun ĉielark-kolora kolharo. Kion Tiago ne vidis estis ajna sango aŭ pruvo, ke unu el ĉi tiuj bestoj trapikis kaj surtretis ses homojn.

Li revenis al la grenejo kaj trovis Vivianon prizorganta la malgrandan ĝardenon ekster la domo.

"Ĉu jen ĉio, nur ses?" li demandis. "Mi pensis, ke estas dekduoj el ili tie ĉi."

"Iam," ŝi respondis. "La plejparto de la bestoj mortis. Ili ne estis kreitaj por vivi en nia mondo; ĝi estas tiel plena de negativa, artefarita energio. Ĉi tiuj bestoj prosperas en pozitiva energio de la suno, la pluvo, la vento, eĉ de tertremoj. Ĉi tiu loko estas unu el la malmultaj kie ili povas ekhavi tion. Ne estas elektraj kabloj, uzinoj, tre malmulte da aŭtoj."

Tiago pinĉis la supron de sia nazo. "Mi vere kredas, ke unukornulo kulpas. Jen la sola sencohava afero."

Vivian sulkis la brovojn. "Ĉi tiuj estas pacaj bestoj. Kial vi pensas, ke ili mortigis homon?"

Tiago hezitis. Li ĵetis rigardon al Kimber kiu kapriolis kun kuniklo en la herbejo. Vivian pravis; ĉi tiuj bestoj neniel kulpas pri la atako en la kliniko de Robertson. Li eltiris sian poŝtelefonon kaj montris al ŝi la fotojn de la bestkuracista kliniko. Li estis malobeinta la regularon kaj faris kelkajn fotojn mem, komencante per la viro kun la truo en la brusto.

Vivian trarigardis la fotojn. Je la kvina foto, ŝi anhelis. "Ne povas esti. Tiu estas la hufospuro de Arion. Mi pensis, ke li mortis."

Ĉapitro 4: Arion
(Chapter 2: Arion, p. 85)

Tiago levis unu brovon. "Vi kapablas identigi unukornulon per la hufospuro?"

Ili sidis ĉe tablo en la domo de Vivian. Ŝia domo estis malgranda, farita el du ortangulaj konteneroj metitaj en formo de L. En la antaŭa kontenero estis kuirejo kaj saloneto konsistantaj el lavpelvo, fridujo, kuirforno kaj tablo kun du seĝoj. La tablo estis antaŭ fenestro el kiu eblis rigardi la grenejon.

"Jes," ŝi respondis. "La hufospuro de unukornulo estas unika, samkiel homa fingrospuro."

Sur la tablo estis stako da libroj, inkluzive kelkajn kajerojn plenajn de bildoj, manskribitajn notojn, datum-tabelojn kaj skizojn.

"Mia studfako estas zoologio, do kiam unukornuloj unue aperis, mi estis tuj fascinita. Kvankam ili povas ŝajni nuraj buntaj ĉevaloj kun korno, ili estas multe pli ol tio." Ŝi foliumis unu el la libroj. "Jen la hufospuro de Kimber."

Tiago studis la bildon dum momento. Ĝi memorigis lin pri la fotoj de la krimloko kun la hufospuroj en la polvo. "Vi havas premsignojn de iliaj hufoj?"

"Jes," Vivian respondis. "Ni uzas malmolan, flekseblan materialon, similan al tiu, kiun uzas dentistoj por fari dentajn premsignojn. La besto staras sur ĝin, kaj ĝi faras el ĝi depresaĵon kun tre fajnaj detaloj."

Ŝi metis alian libron en la supron de la stako kaj malfermis ĝin. "Chloe kaj Devan, la du unukornuloj en la grenejo, jen iliaj hufospuroj." Ŝi metis alian libron en la supron. "Kaj jen la hufospuro de Arion."

Tiago zorge studis la bildojn. La hufospuro de ĉiu besto ja havis aparte malsaman dezajnon. Tiu de

Kimber havis grandajn spiralojn. Tiu de Chloe havis kelkajn koncentrajn cirklojn. Tiu de Devan aspektis kiel sinsekvo de X-oj. Kaj tiu de Arion estis aro de paralelaj linioj. Tiu bildo kongruis kun la markoj en la sango tra la kliniko. Arion estis mortiginta ĉiujn el tiuj homoj.

"Vi pensis, ke li mortis? Kiam vi vidis lin la lastan fojon?"

Vivian pensis dum momento. "Antaŭ preskaŭ du jaroj. Eble ni havis dek du unukornulojn tiam. Ili ne ŝatas esti endome, do ni konstruis ĉi tiujn simplajn kontraŭpluvajn ŝirmilojn okaze de malbona vetero—"

"Kiuj estas ni?" Tiago interrompis.

"Evan kaj mi. Evan Deng kutimis helpi min mastrumi la rifuĝejon. Kiam sufiĉe da bestoj mortis, la subvencio kiu financis ĉi tiun ejon ne povis subteni du homojn. Li devis trovi alian laboron."

Tiago eltiris kajeron kaj skribis iujn notojn. "Kio okazis kiam vi vidis Arionon la lastan fojon?"

"Mi alvenis hejmen kaj rimarkis, ke iuj el la kontraŭpluvaj ŝirmiloj estis kolapsintaj. Ni havis nekutime ventan veteron tiun tagon. Ĝi timigis la bestojn kaj ili eskapis en la arbaron. Ni bezonis pli ol tri tagojn por kaĵoli ilin, por ke ili revenu. Ĉiujn el ili krom Arionon. Evan kaj mi serĉis dum kelkaj semajnoj sed ni neniam trovis lin."

"Kial vi supozus, ke li mortis?"

"La medio de ĉi tiu mondo ne povas vivteni ilin. La aero estas tro poluita. Ne estas io ajn ĉi tie por manĝi kio kontentigas iliajn nutrad-bezonojn. Memstare sur la Tero ĉi tiuj bestoj mortus post kelkaj monatoj. Ne eblas, ke li pretervivis du jarojn."

"Kaj se iu prenis lin?" Tiago demandis. "Vi havas ĉi tiun specialan aranĝon kiu ŝajnas funkcii por ili. Eble ankaŭ iu alia havas ĝin."

"Ĉu vi scias kio estas *lej*-linioj?"

Tiago kapneis.

"*Lej*-linioj estas nevideblaj vojoj de elektromagneta energio kiu trakuras la Teron. Ĉi tiu tereno kuŝas sur la interkruciĝo de la ses plej potencaj *lej*-linioj. Unu el tiuj linioj konektiĝas al la mino kie la enirejo al ilia mondo estis trovita. Tiu konekto kaj la granda kvanto da natura energio estas tio, kio donas al ni la strangajn kolorojn en la foliario, la odoron en la aero, kaj subtenas la vivon de la unukornuloj.”

Tiago finfine komprenis. “Se ili forlasus ĉi tiun lokon, ili mortus.”

Ĉapitro 5: Atestanto
(Chapter 5: A Witness, p. 91)

La poŝtelefono de Tiago sonoris antaŭ ol li havis la okazon starigi pli da demandoj. Telefonis lin alia policano. La viro, kiun oni elprenis per brankardo jam vekiĝis en la hospitalo.

Tiago pensis pri la fotoalbumoj de Vivian dum li stiris. En aparta momento ŝi havis pli ol tridek unukornulojn kiuj loĝis en la rifuĝejo. Ili estis belaj estaĵoj. Arion havis malhelverdan felon kaj kolharon. Ankaŭ lia korno estis malhelverda kaj glimis kiel smeraldo. Eĉ liaj okuloj estis malhelverdaj. Vivian klarigis, ke estas rare trovi unukoloran unukornulon. Ŝi kredis, ke temas pri ia signo de purraseco. Kaj se tio estus vera, Arion, pli ol iu ajn el la aliaj bestoj, estus tre potenca kaj tre sentema al energiaj vibradoj. Li bezonis esti en Brukhejven.

Sed la moderna mondo komencis entrudiĝi. Vivian diris al li, ke antaŭ multaj jaroj la multkoloraj arboj, glimanta herbejo kaj dolĉodora aero de la rifuĝejo etendiĝis ĝis la strato. Iom post iom la koloro komencis paliĝi. Pli da aŭtoj veturis laŭ la strato apud la rifuĝejo kaj uzino lastatempe ekfunkciis kelkajn mejlojn for. La tuto estis neevitebla.

Tiago eniris la parkejon de la hospitalo kaj parkis la aŭton proksime al la enirejo. Li supreniris per lifto kaj trairis labirinton el koridoroj por trovi la ĉambron de Charles West. Charles estis helpanto de laboratorio ĉe la bestkuracista kliniko. Li sidis en sia hospitala lito. Lia vizaĝo havis kelkajn grataĵojn kaj lia maldekstra brako havis gipsobandaĵon. Kompare kun la aliaj homoj en la kliniko tiun tagon, Charles estis bonŝanca.

"S-ro West, ĉu vi povas rakonti al mi kio okazis?"

Charles grimacis. Agonio envenis lian vizaĝon kaj li trankviligis sian spiradon. Lia buŝo ekmalfermiĝis iomete kaj poste haltis, kiam li penis rakonti la eventojn de la antaŭa tago. Kiam li finfine komencis paroli, lia voĉo tremis.

"Mi estis en la malantaŭo kun kelkaj hundoj. Mi aŭdis kriadon kaj laŭtan tohuvabohuon. Mi enkuris por vidi kio okazas. En la akceptejo estis du unukornuloj. Il—"

"Du?" Tiago interrompis. "Kiel ili aspektis?"

"Ili estis malsamaj nuancoj de verdo. Ne ekzakte same grandaj kiel plenkreskaj ĉevaloj, eble malpli ol du metrojn altaj."

"Atendu, ĉu unu el ili ne estis tute verda kun smerald-aspekta korno?"

"Ne. Iliaj feloj estis el diversaj nuancoj de verdo. Ne estis ajna specifa skemo."

Neniu el la bestoj estis Arion.

Charles paŭzis kaj glutis forte. "Ili estis agresemaj. Postĉasis homojn. Surtretis homojn. Mordis. Estis terure."

"Mi vidis Kaylan, la akceptisto, sur la planko. Mi provis atingi ŝin, sed unu el la bestoj vidis min. Li alkuris min kun la kapo mallevita. Tiu akra korno —ĝi surhavis sangon— venis rekte al mi. Ĉio, kion mi povis fari estis teni seĝon antaŭ mi kaj deturni lin. Lia korno kaptiĝis inter la piedoj de la seĝo, sed estis sufiĉe da forto por renversi min. Li baŭmis super mi, kaj poste mi aŭdis fajfadon." Li fajfis melodion. "Estis viro envenanta el la malantaŭa oficejo kie estas la apoteko."

"Ĉu vi vidis la aspekton de tiu homo?"

"Ne. Sed kiam li vokis la bestojn, ili haltis. Li sursidis unu el ili kaj ili forgalopis."

Ĉapitro 6: La incidento ĉe la kliniko de D-ro Gilbert

(Chapter 6: The Incident at Dr. Gilbert's Clinic, p. 95)

Kelkajn tagojn poste, Tiago sidis ĉe sia skribotablo spektante registraĵon pri la atako. Alia policano vizitis ĉiun vendejon kiu rigardas al la kliniko kaj eltrovis, ke du havas sekurec-kameraojn. La bildo estis malklara kaj la figuroj estis malgrandaj. Antaŭ la atako oni povis vidi la du bestojn laŭiri la enirvojon de la kliniko. Post kiam ili malaperis de la vido de la kamerao, sola figuro marŝis laŭ la enirvojo malantaŭ ili. La bildokvalito estis tro malbona por ke li povu distingi ajnajn trajtojn de la persono. Tiago eĉ ne certis, ĉu temas pri viro aŭ virino.

Dum la atako okazis, estis homoj kiuj elkuris el la kliniko kaj derompaĵoj kiuj disĵetiĝis ĉien. Ĉio restis senmova kelkajn momentojn, poste la du bestoj galopis laŭ la enirvojo, unu el ili kun rajdanto supre. Oni povis denove vidi ilin en trafik-kamerao kelkajn stratblokojn for de la vendejo, sed poste ili malaperis.

Tiago estis tiel koncentrita pri la registraĵo, ke li saltis kiam alia policano aperis ĉe lia pordo.

"Estis alia atako!"

"Kie?" Tiago jam estis stariĝinta kaj kolektanta siajn aferojn.

"La kliniko de D-ro Gilbert en la fora parto de la urbo."

La Bestkuracista Kliniko de Robertson estis tia loko, kien homoj venigis siajn katojn kaj hundojn. Ĝi estis urbocentre kun laŭmoda ĝardendezajno kaj espres-kafmaŝino en la akceptejo. Male, la kliniko de D-ro Gilbert zorgis pri pli grandaj bienbestoj. Plej ofte D-ro Gilbert iris al la bieno de sia paciento, ĉar tio estus pli konvena ol venigi la beston ĉe lin. Kutime ne estis multe da homoj en la kliniko de D-ro Gilbert. Tio igis Tiagon senti sin iomete pli bone.

Kiam li alvenis ĉe D-ro Gilbert, la sceno estis tre simila al tiu de la alia kliniko. Rompita vitro, surtretitaj plantoj, frakasita meblaro. Tiago notis la hufospurojn konsistantajn el paralelaj linioj. Ŝajne estis nur unu homo en la kliniko. Juna viro dudekkelkjara. Li estis evidente skuita, sed ne vundita.

Tiago alpaŝis la junulon intervjuatan de alia policisto. La junulo parolis tiel rapide, ke Tiago apenaŭ povis kompreni kion li diris.

"Viro rajdanta sur verda unukornulo envenis rompante la antaŭan fenestron. Estis dua unukornulo malantaŭ ili. Mi teruriĝis. Mi. Ne. Povis. Moviĝi. Ili alproksimiĝis . . . kun tiu longa korno celanta la mezon de mia brusto. Mi povis aŭdi zumadon kaj krakadon." Li fingromontris al la mezo de sia brusto. "La ulo malsupreniĝis, demandis al mi kie ni tenas la medikamentojn. Mi fingromontris al la malantaŭa ĉambro. Li iris tien, prenis kion ajn li volis, kaj ili foriris."

"La unukornuloj ne atakis vin? Kion ili faris dum la ulo estis en la malantaŭa ĉambro?" Tiago demandis.

"Ili paŝis tien-reen kaj balancis la kapon supren-malsupren. Ili ŝajnis tre maltrankvilaj. Mi estis tro timigita por moviĝi."

"Mi scivolas kial ili ne atakis vin?" Tiago diris, pli por si mem ol por iu alia. Poste li demandis, "Ĉu vi kontrolis la medikamentojn por vidi kion la ulo prenis?"

"Jes. Li prenis ĉiom el la acepromazino, flufenazino, kaj reserpino."

Tiago eltiris la kajereton de sia poŝo. "Mi petos al vi literumi tion."

Reveninte al la policejo, Tiago vokis Vivianon. "Ĉu iu povus esti bredinta Arionon?" Li priskribis al Vivian la du unukornulojn de la atakoj.

"Malverŝajne. Por bredi unukornulojn kiuj estas verdaj oni bezonus alian verdan unukornulon. Kaj indas mencii, ke pro ties bezonoj je nutrado kaj energio, sukcese varti iun tra la gravedeco kaj la akuŝo estus tre malfacile. Mi ne konas iun ajn sufiĉe spertan por sukcesi pri tio."

"En ordo. Kio pri gefratoj? Ĉu Arion povus havi gefratojn? Aŭ esti parto de trinaskitoj? Identaj ĝemeloj havas la samajn hufospurojn, ĉu ne?"

"Ne, ili ne estas identaj," Vivian respondis. "La hufospuroj de identaj ĝemeloj estas similaj sed ne ekzakte la samaj. Estas etaj nuancoj. Sed mi supozas, ke pro la ĥaoso de viaj krim-scenoj, oni ne rimarkus malgrandajn diferencojn ĉe la hufospuroj."

"Do estas eble, ke Arion havas gefratojn?"

Estis silento dum Vivian pensadis. Ŝi suspiris, venkita. "Teorie. Sed mi —"

"Teorio estas ĉio, kion mi havas ĝuste nun por fari mian esploron."

"En ordo, jes, estas eble, ke Arion havas gefratojn. Sed kie ili estis? Arion estis en la rifuĝejo dum kvar jaroj. Kial havi familian kunvenon nun?"

"Eble tien li malaperis. Eble li detektis la energion de siaj gefratoj kiam li forkuris."

"Tio ne estas freneza ideo," Vivian konfesis. "Estas ankoraŭ tiom multe pri ili, kion ni ne komprenas. La bestoj en la rifuĝejo ekmontras signojn de kadukiĝo. Mi ne povas imagi, ke besto vivanta en la ekstera mondo pretervivus tiel longe."

"Mi pensas, ke oni helpis lin." Tiago poste rakontis al Vivian pri la incidento ĉe la kliniko de D-ro Gilbert. " . . . La ulo ŝtelis tri diversajn tipojn de medikamentoj."

"Kion li prenis?"

Tiago legis la nomojn tre malrapide, provante ne fuŝi ties elparolon.

Vivian anhelis. Preskaŭ ne aŭdeble.

"Vivian, kiaj medikamentoj estas tiuj?"

"Tiuj estas kontraŭ-psikozaj medikamentoj por ĉevaloj."

Ĉapitro 7: Envenu la hundoj
(Chapter 7: Bring on the Dogs, p. 101)

"Ni irigos la hundojn al la kliniko de la D-ro Gilbert. Ĉu vi volas veni kun ni?"

Ĉe la pordo de la oficejo de Tiago estis Benito, la krim-scen-esploristo kun kiu li konatiĝis antaŭ kelkaj tagoj.

"Tiu atako okazis antaŭ preskaŭ du tagoj. Kial tio postulis tiom da tempo?"

"Mi ĉiam diras al ili, ke ni bezonas propran grupon de esplor-hundoj. Ĉar ni dividas niajn hundojn kun Konteo Madison, ni neniam estas la ĉefa prioritato." Benito rulis la okulojn.

"Ĉu la hundoj ankoraŭ povos postĉasi la odor-spuron?"

"Vi neniam antaŭe laboris kun la hundoj, ĉu? Ili estas mirindaj. Ili povas postĉasi odor-spuron de antaŭ tri cent horoj dum pli ol cent mejloj. Kaj tiuj bestoj estis grandegaj. La hundoj kapablos trovi ilin."

"Bonege! Ni eku."

Kiam ili alvenis al la kliniko, du hundoj kaj ties prizorgantoj moviĝis tra la akceptejo. La hundoj estis germanaj ŝafhundoj kun glata nigra kaj bruna felo. Iliaj oreloj elstaris rekte kaj la vostoj estis altaj dum ili traflaris la areon kie la junulo diris al la policanoj, ke la unukornuloj estis. Kiam iliaj prizorgantoj estis certaj, ke la hundoj kaptis la odor-spuron, ili iris eksteren.

La prizorgantoj lozigis la hundoŝnurojn, permesante al la hundoj flari kaj moviĝi libere. Ili fokusiĝis orienten kaj ekiris antaŭen.

La odor-spuro ŝajne estis forta ĉar la hundoj moviĝis tre rapide. Tiago kaj la aliaj policanoj postsekvis ilin per siaj veturiloj.

Post kelkaj turniĝoj ili alvenis al longa ŝoseo kiu malaperas en la foro. Ŝoseo 62, ankaŭ nomita Vojo

Coudry, pelis ilin pli malproksimen de la urbo. Estis granda spaco inter domoj kaj estis tre malmulte da aŭtoj. Post dek minutoj la hundoj subite haltis. Ili paŝadis en aparta areo, provante trovi ion, sed ili klare estis perdintaj la odor-spuron.

Tiago, Benito, kaj la du hundo-prizorgistoj ĉirkaŭesploris. Estis nenio tie. Neniaj domoj. Neniaj vendejoj. Nur longa ŝoseo kun du herbejoj ambaŭflanke. Ili disiris, esperante, ke la hundoj malkovros ian spuron. Sed ĝi malaperis.

Poste tiun vesperon, Tiago sidis en sia oficejo fiksrigardante mapon de la konteo en sia komputilo. Laŭ la satelitaj mapoj, estis nenio en Ŝoseo 62, nur senarba kamparo.

Li vizitis la retejon de la kontea teren-registristo kaj komencis traserĉi la liston de terenoj en la konteoj. Ilia komunumo estis malgranda. La plejparto de la homoj loĝis promendistance de la urbocentro. Estis kelkaj grandaj terenoj laŭ la vojoj kiuj kondukas ekster la urbon. Li ordigis la liston laŭ stratnomo kaj komencis rulumi. Estis dek terenoj listigitaj ĉe Vojo

Coudry kaj unu el ili apartenis al Evan Deng, la ekspartnero de Vivian ĉe Brukhejven.

Ĉapitro 8: 4985 Vojo Coudry
(Chapter 8: 4985 Coudry Road, p. 105)

La interreto estis plena de informo pri Evan Deng. Li naskiĝis en Novjorko. Li translokiĝis al ilia komunumo ne longe post la mineksplodo. Kiel multaj, li estis altirita de la malkovro de unukornuloj kaj kondukis entreprenon dediĉitan al la estaĵoj. Li ofertis akcesoraĵojn por striglado, kolharoj kaj kornoj, kaj ekipaĵon por rajdantoj de unukornuloj.

Ankaŭ estis fotoj de Evan kaj Vivian ĉe Brukhejven. Arion, Kimber, kaj multaj aliaj unukornuloj plenigis liajn afiŝojn en sociaj komunikiloj. Li aspektis kiel feliĉa, normala viro, kun iometa obsedo pri unukornuloj.

Poste antaŭ du jaroj ĉio ĉesis. Ne plu estis afiŝoj en sociaj komunikiloj. Ne plu estis mencioj en la interreto. Tiago serĉis iujn policajn datumbazojn kaj trovis nenian poŝtelefonnumeron aŭ registron pri laboro. Nur bankokonton kiu pagis la elektro-kompanion. Li havis eksvalidan stirpermesilon kaj posedis terenon ĉe 4985 Vojo Coudry.

Li decidis viziti Evanon.

Tiago entajpis 4985 Vojo Coudry en sian poŝtelefonon. La map-aplikaĵo montris vojon, sed laŭ la satelita superrigardo estis nenio ĉe tiu adreso. Larĝa herbejo kun kelkaj arboj . . . ekzakte kiel la loko, kie la hundoj haltis.

Ankoraŭ estis frue en la vespero, ankoraŭ ne noktiĝis. La loko estis nur kelkajn mejlojn for. Tiago decidis, ke li havas sufiĉe da tempo por alveni tie antaŭ noktiĝo.

Dudek minutojn poste, lia poŝtelefono anoncis, "Via celo estas maldekstre."

Li flankeniris de la vojo kaj eliris el la aŭto. Estis nenio tie. Nenia konstruaĵo. Nenia enirvojo. Ankoraŭ restis iom da taglumo do Tiago komencis ĉirkaŭpromeni. Li forlasis la vojon kaj vagis kelkajn futojn en la herbejon. Kaj finfine li rimarkis ĝin: vojeton, preskaŭ nevideblan. Iu kaŝis siajn spurojn. Forpiedbatinte la lerte disĵetitajn branĉetojn kaj herberojn, li trovis la polvan vojeton plenan de hufospuroj.

Tiago sekvis la vojeton dum kvarono de mejlo, suprenirante monteton en etan aron da arboj. Tie, inter du altaj arboj, estis malgranda, mallarĝa remiz-simila konstruaĵo. Se li estus senatente promenanta tra la arbaro, li estis certa, ke li estus maltrafinta ĝin.

Li eltiris sian poŝtelefonon por fari foton, kaj komencis alvoki la numeron de la polic-stacio. Lia sola averto, ke io misis, estis preskaŭ neaŭdebla fajfado tra la aero, poste eta pikado kiam la sageto eniris lian kolon. Sekvite de . . . Nigro.

Ĉapitro 9: Estonto por la unukornuloj
(Chapter 9: A Future for the Unicorns, p. 109)

Tiago vekiĝis sur la planko. Lia lango estis dika kaj lia kapo pulsis. Li ĝemis kiam li rulis sin kaj eksidis malrapide. Li palpebrumis malrapide kaj observis la ĉirkaŭaĵojn. Li estis en malgranda ĉelo, en angulo de ĉambro kiu aspektis kiel laboratorio. La odoro de diversaj ĥemiaĵoj plenigis la aeron. Ne estis fenestroj, nur la senkompata brilo de artefarita lumo. Studinte la betonajn murojn kaj ŝtalajn kolonojn, Tiago ekkonsciis, ke li estas en subgrunda bunkro.

Tuj preter lia ĉelo estis figuro staranta ĉe tablo. Dum Tiago stariĝis kaj stabiligis sin, la viro turniĝis. Evan Deng.

Evan havis averaĝan alton kaj grandon. Liaj trajtoj estis tute nerimarkindaj. Li surhavis simplan T-ĉemizon kaj ĝinzon, kaj lia sable bruna hararo estis iomete taŭzita. Li estis tia homo, kiu ne estus rimarkita en homamaso.

"Vi vekiĝis!"

"Evan Deng, mi supozas?" La vortoj de Tiago estis iom malklare elparolitaj.

Evan riverencis. "Jes, Detektivo . . ." li ĵetis rigardon al la slipo en sia mano, ". . . Detektivo Zao."

Li alpaŝis la ĉelon. "Kiu scias, ke vi estas tie ĉi?"

"Kelkaj aliaj policanoj, helpo estas survoje." Tiago respondis.

Evan fiksrigardis lin mallonge. Flanke estis stamfado de hufo kaj henado. Tiago turnis sin kaj vidis etan unukornulon proksime al sia ĉelo. La felo, kolharo kaj vosto de la besto estis miksaĵo el diversaj nuancoj de verdo: smeralda, bluverda, menta, kaj malhelverda kun flava nuanco.

Evan skuis la kapon. "Mi scias, ke vi mensogas." Li montris al la unukornulo per kapoklino. "Li scias, ke vi mensogas. La alvoko kiun vi faris, ne sukcesis."

Li rigardis al la poŝtelefono en sia alia mano. "Apenaŭ estas signalo ĉi tie. Ni malŝaltu ĉi tion por ke neniu ĝenu nin." Li premis butonon en la poŝtelefono kaj metis ĝin sur la tablon el rustimuna ŝtalo.

"Nun," Evan movis skabelon antaŭ la ĉelon kaj sidiĝis. "Detektivo Zao, kion vi faras ĉi tie?"

Tiago respondis, "Mi serĉas la bestojn kiuj mortigis tiujn homojn en la bestkuracista kliniko."

Je tio, Evan aspektis iom pentema. "Tio estis bedaŭrinda. Sed mi trovis la medikamentojn kiujn ili bezonas kaj tio ne okazos denove."

Dum li parolis, dua unukornulo ekmoviĝis apud lin. Ties irmaniero estis malstabila. Evan dorlotis la beston. "Ili estas multe pli trankvilaj nun."

La okuloj de Tiago plilarĝiĝis. "Pli trankvilaj? Ĝis la kontraŭ-psikozaj medikamentoj perdos sian efikon."

Tiago studis la duan unukornulon. Unu el ties okuloj estis safire blua kaj brilanta. La alia okulo havis fluoreskan nuancon de limea verdo. Ties korno ne havis elegantan perfektan spiralon, kiel ĉiuj el la aliaj bestoj de Brukhejven. La korno de ĉi tiu besto estis malsimetria kaj malglata.

Tiago sulkis la brovojn. "Kion ekzakte vi faras ĉi tie?"

Evan fingromontris al la du etaj bestoj. "Mi revenigas la unukornulojn." Li aspektis tre memfiera.

"Kiel? Vivian diris, ke ili ne povas reproduktiĝi. Tiuj unukornulidoj ne pretervivos."

"Al Vivian mankas imagopovo. Ŝi preferus kaŝi sin en tiu rifuĝejo kaj vidi ĉi tiujn bestojn formorti ol entrepreni riskon kaj helpi ilin pluvivi!" Evan plilaŭtigis la voĉon.

"Vivian diris, ke ili ne povas pretervivi en ĉi tiu mondo."

"Vivian diras multajn aferojn, sed mi trovis la respondon. Jen la estonteco de la unukornuloj." Evan svingis la brakojn larĝe, altirante la atenton de Tiago al la cetero de la laboratorio.

Estis vicoj de vitraj enfermaĵoj kaj kaĝoj de diversaj grandoj sur la bretoj laŭ la muroj. En ĉiu estis parte evoluinta besto. Ties formoj estis distorditaj, mankantaj membroj, kripligitaj korpoj, kaj torditaj kornoj. Iuj estis konsciaj kaj faris etajn movojn ene de siaj malgrandaj spacoj. Aliaj flosis en likvaĵo en ujoj, kvazaŭ la tempo estus haltinta.

La buŝo de Tiago larĝe malfermiĝis. Lia voĉo estis apenaŭ flustro. "Vi klonas ilin."

Ĉapitro 10: Arion, parto 2
(Chapter 10: Arion Part 2, p. 115)

Evan ne respondis. Li skuetis la ŝlosilojn de la aŭto de Tiago kaj diris, "Mi devas iri movi tiun vian ŝarĝaŭton. Poste mi decidos kion fari pri vi."

Kiam Tiago estis komencanta policano, lia onklo, dudek-tri-jara polic-veterano, donacis al li ion, kion li uzis pli da fojoj ol li povus nombri: ilaron por rompi serurojn. Ĝi estis malgranda kaj maldika, pli-malpli samgranda kiel kreditkarto. Li tajlorigis ĉiujn el siaj ĉemizoj por ke tiuj havu malgrandan poŝon en la malsupra orlo. Tiu poŝo enhavis la ilaron por rompi serurojn. Li havis ĝin kun si ĉiam, kien ajn li iris, kaj hodiaŭ, denove, ĝi estis tre utila.

Tiago moviĝis rapide, prenante sian poŝtelefonon kaj monujon de la tablo. La du unukornuloj apenaŭ ŝajnis rimarki lin. Evan pravis; la medikamentoj igis ilin multe pli trankvilaj.

Li ŝaltis la poŝtelefonon kaj, kiel Evan rimarkigis, ne estis signalo. Li devis trovi la manieron eliri kaj voki helpon. Dekstre estis la pordo laŭ kiu Evan eliris. Ne volante renkonti lin, Tiago decidis serĉi duan pordon. Tuj preter la laboratorio li aŭdis la laŭtan zumadon de motoro, jen kaj jen akcentitan de krakado. Poste li aŭdis henadon.

Li sekvis la sonon laŭ mallonga koridoro kiu malfermiĝis je pli granda spaco. Laŭ la muroj estis bretoj kun pli da specimenoj en bokaloj. En la mezo estis pli alta platformo. Staranta sur la platformo estis granda unukornulo kun komplete malherverda felo.

Arion . . . aŭ tio, kio restis el li. Malgrasega, senhariĝanta felo, ostoj videblaj tra pendanta haŭto. En la fotoj de Vivian, Arion havis grandan smeraldan kornon. La korno de ĉi tiu kompatinda estaĵo estis nura stumpo, disrompiĝanta. Tuboj eliris el lia korpo kaj, kun intermitoj de kelkaj sekundoj, elektra sparko flugis el lia korno al maŝino pendanta de la plafono.

La situacio estis pli malbona ol Tiago imagis. Evan elprenis ĉion el Arion: sangon, haŭton, hararon, energion. Se juĝi laŭ la du etaj bestoj, li preskaŭ sukcesis kloni stabilan unukornulon. Kion tio signifus por Arion? Kion tio signifus por la aliaj bestoj en la rifuĝejo de Vivian? Certe post kiam Evan perfektigus sian teĥnikon, li bezonus pli da specimenoj. Tiago ne povis permesi tion.

Li komencis eltiri ĉiun tubon, kablon, konektilon kaj draton kiun li vidis. Li decidis haltigi ĉi tion.

Ĉapitro 11: Protektanto
(Chapter 11: Protector, p. 119)

"Ne! Ne! Ne! Ne!" Evan staris ĉe la pordo. "Kion vi faris?" Liaj manoj tiris lian hararon kaj li larĝe malfermis la okulojn.

"Via devo estis protekti ilin!" Tiago kuntiris la makzelon kaj pugnigis la manojn ĉe siaj flankoj.

"Ĉi tio ampleksas pli ol nur unu beston. Ni povas revenigi ilin ĉiujn."

"Ne ĉi tiel." Tiago turnis la dorson kaj eltiris la restantajn tubojn.

Evan antaŭensaltis kaj kaptis la ĉemizon de Tiago. Tiago turnis sin kaj pugnobatis Evanon en la stomako. Evan restabiliĝis rapide kaj kuratakis Tiagon, kun la kapo mallevita, puŝante lin en breton. La sono de rompiĝanta vitro plenigis la laboratorion kiam ili karambolis kontraŭ tablojn, flugigante bokalojn. Proksime al ili, Tiago povis vidi la du etajn unukornulojn stamfi per la hufoj kaj heni. Ili retroenpaŝis, malproksimiĝante de la bruo.

Tiago enbatis la kubuton en la dorson de Evan kelkajn fojojn ĝis Evan liberigis lin. Evan svingis la brakojn sovaĝe sed Tiago flankeniĝis por eviti la pugnobaton, kaj ambaŭ viroj glitis en la likva kaĉo kiu disvastiĝis sur la planko. Tiago sentis ion malmolaĉan sub la piedo. Li glutis forte, ne volante konsideri kion li ĵus surtretis.

Evan stumblis antaŭen, prenis eron de rompita bokalo kaj svingis ĝin al Tiago. Kiam Tiago antaŭmetis la brakon por bloki la baton, la vitrero tranĉis lian haŭton. Li paŭzis, ŝtoniĝinta pro la doloro. La aero forte odoris je ĥemiaĵoj kaj sango.

Evan profitis la momenton. Li metis la manojn ĉirkaŭ la gorĝon de Tiago kaj puŝis lin kontraŭ la muron. Tiago baraktis kontraŭ la pezo de Evan. Liaj brakoj svingiĝis, provante ekkapti ion, sed la brakoj de

Evan estis pli longaj ol la liaj. Lia vidkapablo komencis estingiĝi kaj li komencis anheli malfacile.

Okulrande, Tiago vidis Arionon. La irmaniero de la besto estis tiel peniga, ke ŝajnis, kvazaŭ li marŝis en malrapidigita filmo. Li mallevis la kapon dum li ekrapidiĝis kaj enmetis sian malakrigitan kornon en la flankon de Evan. Evan ĝemis, perdis sian ekvilibron kaj falis planken. Antaŭ ol Tiago povus reagi, Arion baŭmis je sia plena alteco kaj malsuprenfaligis la antaŭajn hufojn en la abdomenon de Evan. Li baŭmis denove, ĉi-foje frakasante la bruston de la viro. Poste la unukornulo falis planken apud Evanon.

Ĉapitro 12: La bestoj de Brukhejven, parto 2

(Chapter 12: The Beasts of Brook Haven Part 2, p. 123)

La ŝildo fine de la enirvojo tekstis "Brukhejven, Privata Tereno. ENIRO MALPERMESATA." Ĉi-foje la pordego estis malfermita. Tiago malrapide suriris la enirvojon. La motoro penege laboris sub la pezo de la remorko fiksita al lia polic-ŝarĝaŭto. Li supreniris la etan deklivon de la gruza vojo. Arboj kaj densa herbo flankis la vojon. Malrapide la verdon anstataŭis nuancoj de purpuro, bluverdo kaj oranĝo. Je la supro staris Vivian kaj Kimber.

La oreloj de Kimber treme kuntiriĝis dum ŝi flaris la aeron. Vivian karesis ŝian kolharon kaj alparolis ŝin. Tiago haltigis la ŝarĝaŭton kaj malsuprenigis la fenestron, atendante instrukciojn.

"Tio sufiĉas." Vivian diris. "La bruo kaj la vaporoj de la veturilo ne estas sanigaj por la bestoj."

Tiago malŝaltis la motoron kaj eliris. Li studis Vivianon kaj Kimberon dum momento, kaj demandis, "Ĉu vi certas, ke vi volas fari ĉi tion?" Li estis fiksrigardanta Kimberon.

La unukornulo kapjesis, dum la oraj strioj en ŝia purpura kolharo brile glimis en la malfrumatena suno.

Tiago rigardis al Vivian. "Kaj vi? Ĉu vi certas?"

Ankaŭ Vivian kapjesis. "Tio estas la ĝusta afero por fari."

Tiago iris al la malantaŭo de la remorko. Li revenis tenante paron de kondukrimenoj. Li pelis la du unukornulojn kiuj estis en la laboratorio de Evan. Kiam li alproksimigis la bestojn al Kimber, ŝi stamfis per la hufoj, malantaŭentiris la orelojn kaj plilongigis la naztruojn.

Tiago kaj Vivian ŝtoniĝis. La spirado de Tiago estis rapida kaj malprofunda, lia koro batis kontraŭ lia brusto. Vivian mordis sian lipon.

Kimber ĉirkaŭpaŝis la unukornulojn, kiuj havis felon kun multaj nuancoj de verdo. Ili baŭmis iomete kaj skuis la kolharon. Kompare kun ŝi, ili estis etaj, iliaj feloj senbrilaj kaj iliaj kornoj malglataj. Ŝi flaris ilin, poste mallonge karesis ilian kolon per la nazo. Vivan elspiris brue.

"Ni povas forpreni tiujn bridojn." Vivian komencis malligi la bukon de la besto pli proksima al ŝi. "Ĉu ili havas nomojn?"

"Laŭ la notoj de Evan, ŝajnas, ke li nomis ilin Jada kaj Emmy," Tiago respondis, liberigante la alian.

Kimber komencis foriri. Ŝi paŭzis, turnis sin al la du pli etaj bestoj, kaj snufis. Ili sekvis ŝin supren laŭ la deklivo en la rifuĝejon.

Tiago turnis sin al Vivian. "Mi bedaŭras, ke mi ne kapablis venigi Arionon hejmen."

Ili staris senparole dum momento, rigardante la herbejon. En la malproksimo ili povis aŭdi la aliajn unukornulojn heni al la novalvenintoj.

"Ĉu vi kapablis savi ĉiujn el la aliaj?" Vivian demandis.

Tiago vigle skuis la kapon. "Ne. Neniu el ili estis stabilaj." Poste li fingromontris en la direkton kien Kimber, Jada, kaj Emmy malaperis. "Vivian, mi ne certas, ĉu tiuj du estas stabilaj. Ĉu vi estas certa, ke vi volas, ke ili estu ĉi tie?"

"Kiu estas la alia elekto? Permesi al ili vagadi libere? Sendi ilin al esplor-laboratorio? Neniiǵi ilin?" Ŝia voĉo sonis eksploronta. Ŝi enspiris profunde kaj daŭrigis, "Ne. Estas pli bone por ili esti ĉi tie. La aliaj unukornuloj edukos ilin. La medio vartos ilin. Ili estos en ordo."

Poste ŝi demandis, "Ĉu vi kapablis venigi la aliajn aferojn?"

"Jes." Tiago iris al sia ŝarǵaŭto kaj malfermis la malantaŭan pordon. Li revenis portante kelkajn kajerojn. "Mi ne komprenas kial vi volas ĉi tiujn."

Ŝi prenis de li la librojn kaj komencis foliumi ilin. "Neniu tiel bone kiel Evan komprenas la anatomion kaj fiziologion de unukornuloj. Se li simple estus uzinta tiun scion por fari bonaĵojn..."

"Li ŝajnis pensi, ke li faris bonaĵon trovante manieron konservi la bestojn." Tiago ne certis kial li defendis la viron kiu provis mortigi lin.

Vivian estis enprofundiĝinta en unu el la kajeroj. "Lia laboro estis vere mirinda, eble estas io ĉi tie kio helpos al mi konservi ilin pli nature."

"Estas io kio ĝenas min." Ŝi estis ferminta la libron kaj sulkis la brovojn al Tiago. "La subgrunda laboratorio de Evan aspektis sufiĉe impona. Kiel li povis financi tian instalaĵon?"

Tiago estis farinta al si la saman demandon. Funda esplorado de la financoj de Evan malkovrigis serion da grandaj deponaĵoj en sian bankokonton antaŭ du jaroj. Ĉiuj el kontanta mono, deponitaj dum kelkaj monatoj. Estis neeble spuri la devenon.

Tiago sekvis Vivianon en la rifuĝejon. Dum ŝi venigis la kajerojn en la domon, li iris al la malantaŭo de la grenejo kiu rigardas al la herbejo. Li trovis Jadan galopanta kun Chloe kaj Devon. Li jam povis rimarki diferencon ĉe la irmaniero de Jada: ĝi estis stabila kaj forta. Emmy staris flanke, manĝante la kolorplenan herbon.

Ili ne aspektis kiel la du estaĵoj kiuj surtretis kaj trapikis kelkajn homojn antaŭ du semajnoj.

Kimber staris proksime al Emmy kun starantaj oreloj kaj snufantaj naztruoj, vide skanante la ĉirkaŭaĵojn. Ŝi rigardis en la okulojn de Tiago kaj dum momento li povis senti energi-ondon flui tra lin . . . protektan, zorgeman, maltrankvilan, kaj esperplenan. Tiago subite sciis kial Jada ludis en la herbejo kun la aliaj bestoj, kaj Emmy ne. Li ne estis maltrankvila; li kaj Kimber nun havis interkompreniĝon.

The Beasts of Brook Haven

Chapter 1: The Incident at Robertson's Veterinary Clinic
(Ĉapitro 1: La incidento en la bestkuracista kliniko de Robertson, p. 11)

There was blood everywhere. Its sickly-sweet metallic scent filled the air. Tiago leaned on the hood of his police truck; he swallowed hard and took a few shallow breaths. This was going to be a messy one.

In the parking lot of Robertson's Veterinary Clinic were three police cars, a fire truck, and two ambulances. A small crowd had gathered at the bottom of the driveway to watch the scene unfold. The yellow "Caution" tape and two police officers were holding people back. It wouldn't be long before the arrival of news cameras.

The front window of the clinic was smashed. There was glass everywhere. Strewn across the front sidewalk of the building were several bodies; most fully intact, others were missing parts. A hand here. A leg there. One woman looked as if something had taken a bite out of her face. Tiago stared at the dirt of the flower bed and frowned.

"It's a hoofprint."

Tiago turned to find one of the crime scene investigators standing behind him. His name tag read Benito and he held a camera.

Tiago tilted his head. "You think a horse did this?"

Benito shrugged. "I can't yet say what happened here, but those . . ." he pointed to the bloody prints all over the sidewalk and in the dirt, ". . . those are definitely hoofprints."

As Tiago entered the building, he passed two EMTs rolling out a stretcher. The man on the stretcher appeared to be unconscious but the oxygen mask on his face let Tiago assume that he was alive.

Glass crunched underneath his feet as Tiago surveyed the damage inside of the building. A pile of jagged wood was all that remained of the receptionist desk. Close by, a woman, probably the poor receptionist who sat at that desk, lay on the floor, lifeless.

There was a trail of bloody hoofprints snaking its way through shattered glass, scattered papers, and other debris, headed toward the back corner of the clinic. There, a door with an "Employees Only" sign was falling off its hinges. Inside, the shelves were tipped over on their sides, the medicine cabinets were smashed, and pill bottles were strewn everywhere.

Tiago stopped abruptly to avoid stepping in a large pool of blood.

Collapsed on the floor was a man, his eyes closed and glasses skewed on his face. A large hole went completely through his chest. It was perfectly round with smooth edges, as if a laser had burned through his body.

Now the hoofprints made sense.

Chapter 2: Brook Haven
(Ĉapitro 2: Brukhejven, p. 15)

The sign at the end of the driveway read "Brook Haven, Private Property. KEEP OUT." Tiago turned into the drive and parked his truck near the fence that had a big padlock hanging from it. By the time he exited the car and closed the door, there was a woman standing on the other side of the fence.

"The sign says Keep Out."

Tiago put his police hat on and walked closer to the fence. "Vivian, I just need to ask you a few questions."

"Ask your questions from there." Vivian did not move.

Tiago sighed. "And I need to see them."

"Absolutely not." Vivian turned and started to walk away.

Tiago raised his voice. "There's been an incident at the vet clinic. Six people are dead."

Vivian returned to the gate, raising her voice to match his. "They haven't done anything! We just want to be left alone."

Tiago pointed beyond the fence. "Then let me have a look around and I'll be on my way. Otherwise, I'll have to get a court order and that will bring more folks around here than just me."

Vivian paused. She turned and looked up the driveway toward her property. The gravel drive was heavily lined with trees, and there was just enough of a bend in the drive that one could not see what lay ahead. Tiago knew how fiercely protective she was of their privacy; he expected resistance.

To his relief, she mumbled something under her breath, then said, "Fine." Vivian unlocked the gate letting the officer onto the property. The two of them started up the hill that led away from the road. They walked in silence. Tiago was too in awe to speak anyway.

Tall dense trees lined the path. Greens and browns slowly faded into aquamarine, then into purples and pinks mixed with bright shades of blue. The grass sparkled and there was a hint of vanilla in the air. The rumors were true then.

Vivian abruptly stopped. Before them lay an open meadow. As colorful as the trees of the entryway it was accented with flowers. Butterflies fluttered about, and Tiago occasionally caught a glimpse of a squirrel or rabbit. To his right was a small structure. It looked like one of those shipping containers that someone had converted into a house. Stylish and decorative in its own right, but its boxiness was out of place in this environment. To his left was a barn, a large, colorful building with a very high roof.

Vivian nodded in that direction. "They are in there." She gave a short whistle and a creature emerged from the open door of the barn.

The animal stood over two meters tall. Its four legs were long and slender. Its iridescent rose-colored coat shimmered in the sunlight. As it neighed, shaking its head, the sun reflected streaks of gold within the purple mane.

And atop its head sat a solitary, spiraled horn of crystal.

Chapter 3: The Beasts of Brook Haven
(Ĉapitro 3: La bestoj de Brukhejven, p. 19)

For several moments Tiago stood speechless. He had heard stories of the unicorns. Everyone knew about the mine explosion that opened a portal to their world. The chaos that followed was a classic example of human greed. Circuses, zoos, dabblers in black magic, even exotic restaurants wanted a piece of the mythical animals. And just when things had gone too far, the portal collapsed. The humans had taken too much and that world was lost forever. By then there were already hundreds, if not thousands of unicorns in our world. But they were dying. Laws were passed to protect them and a few sanctuaries, like Brook Haven, were created.

Tiago took a step toward the animal. It flared its nostrils and stamped its front hooves several times. He froze.

Vivian laughed as she moved between him and the animal. "They don't like strangers." She stroked the animal, who bowed its head. The two touched foreheads and stood like that for several minutes.

Vivian then said, "Kimber, this is Officer Tiago Zao." She turned to Tiago and said, "Officer Zao, this is Kimber." Kimber bowed her head.

He started slowly, "They are telepathic?"

Vivian shook her head. "They are not telepathic. They are empathic. They feel energy; changes in vibration—Happy, excited, nervous, scared, passionate—all of those emotions give out energy vibrations. The unicorns are sensitive to that. They can feel it, respond to it, even manipulate it."

As Vivian talked, Kimber took a few steps toward Tiago and began sniffing him. "I think she approves of you."

Tiago was frozen with awe. "I've heard the stories. Seen the pictures. But I've never seen one close up." His voice just above a whisper as he reached out his hand. "Can I touch her?"

Vivian replied, "If she'll let you." Tiago rubbed the side of Kimber's face and neck. The horn glistened in the sun. He extended his hand higher.

Vivian warned, "Just don't touch the h—"

Tiago touched the horn. A spark of electricity threw him to the ground.

"Horn. Don't touch the horn," Vivian finished.

"What the hell was that?" Tiago lay on the ground clenching and unclenching his hand. His hair stood on end, crackling with electricity as a faint scent of burning fibers filled the air.

"Unicorns are full of energy. They absorb energy from the environment. It's concentrated in their horn."

She tilted her head and thought for a moment, then added, "Like static electricity, but stronger."

Kimber nudged Tiago with her nose, then turned and started walking toward the barn, stopping after several steps to turn and look at Tiago.

Vivian laughed again. "If you want to look around there's your invitation."

Tiago rose and followed Kimber into the barn. There were two unicorns in the large barn. Both were resting on what looked like a cot made of fluffy hay. One had a teal-colored coat with purple eyes and a cream horn, the other's coat was jet black and its horn was crystal like Kimber's.

Tiago followed Kimber through the barn and came out on the back side to find three more animals milling about and eating the multicolored grass. Two pink ones and a pure white one with a rainbow-colored mane. What Tiago didn't see was blood or any evidence that one of these animals had impaled and trampled six people.

He made his way back through the barn to find Vivian tending to the small garden outside of the house.

"This is it, only six?" he asked. "I thought there were dozens of them here."

"At one point in time," she replied. "Most of the animals have died. They were not meant to live in our world; it is so full of negative, artificial energy. These animals thrive in positive natural energy from the sun, the rain, the wind, even the shaking of the earth. This location is one of the few places they can get that. There are no electric lines, no factories, very few cars."

Tiago pinched the bridge of his nose. "I really think a unicorn did this. It's the only thing that makes sense."

Vivian frowned. "These are peaceful animals. Why would you think they killed someone?"

Tiago hesitated. He glanced over at Kimber who was prancing with a rabbit in the meadow. Vivian was right; there was no way these animals were responsible for the attack at Robertson's Clinic. He pulled out his phone and showed her the pictures from the vet clinic. He had broken protocol and took a few pictures of his own, starting with the man who had the hole in his chest.

Vivian swiped through the pictures. At the fifth picture she gasped. "It can't be. That's Arion's hoofprint. I thought he was dead."

Chapter 4: Arion
(Ĉapitro 4: Arion, p.25)

Tiago raised an eyebrow. "You can identify a unicorn by his hoofprint?"

They were sitting at a table inside of Vivian's house. Her home was small, created from two rectangular shipping containers configured in an L-shape. In the front container was a kitchen and sitting area that consisted of a sink, refrigerator, stove, and table with two chairs. The table sat in front of a window that overlooked the barn.

"Yes," she replied. "A unicorn's hoofprint is unique, much like a human's fingerprint."

On the table was a stack of books, including several notebooks filled with pictures, handwritten notes, tables of data, and sketches.

"I'm a zoologist by degree so when the unicorns first appeared I was instantly fascinated. While they may simply look like colorful horses with horns, they are so much more than that." She flipped through one of the books. "This is Kimber's hoofprint."

Tiago studied the picture for a moment. It reminded him of the crime scene photos of the hoofprints in the dirt. "You have impressions of their hooves?"

"Yes," Vivian replied. "We use a soft, flexible material, much like what dentists use for making teeth impressions. The animal stands on it, and it captures an impression with very fine details."

She pulled another book to the top of the pile and opened it. "Chloe and Devan, the two unicorns from the barn, these are their hoofprints." She pulled another book to the top. "And this is Arion's hoofprint."

Tiago studied the pictures closely. Indeed, each animal's hoofprint had a distinctly different design.

Kimber's had large swirls. Chloe's had several concentric circles. Devan's looked like a series of Xs. And Arion's were a collection of parallel lines. That picture matched the indentations in the blood around the clinic. It matched all of the indentations in the blood around the clinic. Arion had killed all of those people.

"You thought he was dead? When was the last time you saw him?"

Vivian thought for a moment. "It's been almost two years. We had maybe twelve unicorns at the time. They don't like to be indoors, so we built these simple rain shelters for bad weather—"

"Who's we?" Tiago interrupted.

"Evan and I. Evan Deng used to help me run the sanctuary. As the animals died off, the grant that funds this place wouldn't support two people. He had to find other work."

Tiago took out a notebook and jotted some notes. "What happened the last time you saw Arion?"

"I came home and found that a couple of the rain shelters had collapsed. We had some unusually windy weather that day. It scared the animals and they took off into the woods. It took us over three days to coax them all back. All of them except for Arion. Evan and I searched for a few weeks but never found him."

"Why would you assume he was dead?"

"The environment of this world can't sustain them. The air is too polluted. There is nothing here for them to eat that meets all of their nutritional needs. Out in the wild, these animals would be dead in a couple of months. There's no way he survived two years."

"What if someone took him?" Tiago asked. "You have this special set up that seems to work for them. Maybe someone else does too."

"Are you familiar with ley lines?"

Tiago shook his head.

"Ley lines are invisible paths of electromagnetic energy that run through the earth. This land sits on the intersection of the six strongest ley lines. One of those lines connects through the mine where the portal to their world was found. That connection and the high volume of natural energy is what gives us the strange colors of the foliage, the smell in the air, and sustains the life of the unicorns."

Tiago finally understood. "If they leave this place, they die."

Chapter 5: A Witness
(Ĉapitro 5: Atestanto, p. 31)

Tiago's phone rang before he had a chance to ask any more questions. It was one of his fellow officers. The man they had taken out on a stretcher was awake in the hospital.

Tiago thought about Vivian's photo albums as he was driving. At one point she had over thirty unicorn's living in the sanctuary. They were beautiful creatures. Arion had a dark green coat and mane. His horn was dark green too and sparkled like an emerald. Even his eyes were dark green. Vivian explained that it was rare to find a unicorn that was all one color. She believed that was some kind of symbol of being a purebred. And if that were true, Arion, more than any of the other animals, was very powerful and very sensitive to energy vibrations. He needed to be at Brook Haven.

But the modern world was starting to encroach. Vivian told him that many years ago the colored trees, sparkling grass, and sweet-scented air of the sanctuary extended all the way to the road. Slowly the color was fading. More cars were traveling along the road near the sanctuary and a factory recently opened a few miles away. It was only a matter of time.

Tiago turned into the hospital's parking lot and parked near the entrance. He worked his way up an elevator and through a maze of corridors to find the room of Charles West. Charles was a lab assistant at the veterinary clinic. He was sitting upright in his hospital bed. His face had a few scratches and his left arm was in a cast. Compared to the other people at the clinic that day, Charles was lucky.

"Mr. West, can you tell me what happened?"

Charles grimaced. Agony crept across his face and he steadied his breath. His mouth opened slightly then stopped, as he struggled to recount the events of the day before. When he finally began speaking, his voice trembled.

"I was out back with a couple of the dogs. I heard screaming and a loud commotion. I ran inside to see what was going on. In the lobby there were two unicorns. Th—"

"Two?" Tiago interrupted. "What did they look like?"

"They were different shades of green. Not quite the size of full-grown horses, maybe four or five feet tall (Esperanto: less than 2 meters)."

"Wait, one of them wasn't solid green with an emerald looking horn?"

"No. Their coats and horns were various shades of green. No particular pattern."

Neither of the animals was Arion.

Charles paused and swallowed hard. "They were aggressive. Chasing people. Stomping on people. Biting. It was awful."

"I saw Kayla, the receptionist, on the floor. I tried to make my way to her but one of the animals saw me. He charged me with his head down. That jagged horn—it had blood on it—was coming right at me. All I could do was grab a chair and deflect him. His horn was caught in the chair legs, but it was enough force to knock me down. He was rearing up over me when I heard a whistle." He whistled a tune. "There was man coming from the back office where the pharmacy is."

"Did you see what this man looked like?"

"No. But when he called the animals, they stopped. He mounted one of them and they ran off."

Chapter 6: The Incident at Dr. Gilbert's Clinic

(Ĉapitro 6: La incidento ĉe la kliniko de D-ro Gilbert, p. 35)

A couple of days later, Tiago sat at his desk looking at video footage from the attack. Another officer visited every store in visible range of the clinic and found that two had security cameras. The images were grainy and the figures were small. Before the attack the two animals can be seen walking up the driveway of the clinic. As they disappear from the camera's range, a lone figure walks up the driveway behind them. The image was too poor for him to make out any features of the person. Tiago wasn't even sure if it was a man or a woman.

As the attack is happening, there were people running from the clinic and debris being strewn about. Everything was static for a few moments, then the two animals gallop down the driveway, one with a person on its back. They were spotted again on a traffic camera a few blocks down from the store, but then they disappeared.

Tiago was so engrossed in the film that he jumped when another officer appeared at his door.

"There's been another attack!"

"Where?" Tiago was already on his feet gathering his things.

"Dr. Gilbert's clinic at the end of town."

Robertson's Veterinary clinic was the type of place people brought their cats and dogs. It sat near the middle of town with trendy landscaping and an expresso machine in the lobby. Dr. Gilbert's clinic, however, catered to larger farm animals. Most of the time Dr. Gilbert would go to his patient's farm himself as that was more convenient than bringing the animal to him. There wouldn't be many people in Dr. Gilbert's clinic. That made Tiago feel slightly better.

When he arrived at Dr. Gilbert's the scene was very similar to the other clinic. Broken glass, trampled landscape, smashed furniture. Tiago noted the hoofprints comprised of parallel lines. There appeared to be only one person in the clinic. A young man in his twenties. He was visibly shaken but not injured.

Tiago walked up to the young man being interviewed by another officer. The young man was talking so fast Tiago could hardly keep up.

"This man riding a green unicorn came crashing through the front window. There was a second unicorn behind them. I was terrified. Could. Not. Move. They rolled right up to me . . . that long horn pointed at my chest. I could hear buzzing and crackling." He pointed at the center of his chest. "Guy got down, asked me where we kept the meds. I pointed to the back room. He went back there, got whatever he wanted, and they left."

"The unicorns didn't attack you? What did they do while the guy was in the back room?" Tiago asked.

"They were pacing and bobbing their heads. They seemed really agitated. I was too scared to move."

"I wonder why they didn't attack you?" Tiago said, more to himself than anyone else. Then he asked, "Did you go through the medicine to see what the guy took?"

"Yea. He cleared us out of Acepromazine, fluphenazine, and reserpine."

Tiago pulled the small notebook out of his pocket. "I'm going to need you to spell that."

As soon as he returned to the police station, Tiago called Vivian. "Could someone have bred Arion?" He described to Vivian the two unicorns from the attacks.

"Unlikely. To breed unicorns that were green like that you'd need another green unicorn. Not to mention, with their nutritional and energy needs, taking one through pregnancy and birth would be very difficult. I don't know anyone knowledgeable enough about them to pull that off."

"Okay. What about siblings? Could Arion have siblings? Or be a part of a triplet set? Identical twins have the same fingerprints, don't they?"

"No, they don't," Vivian replied. "The fingerprints of identical twins are similar but not exactly the same. There are small nuances. But I suppose with the chaos of your crime scenes, you wouldn't notice small differences in the hoofprints."

"So, it's possible that Arion has siblings?"

There was silence as Vivian was thinking. She sighed in defeat. "In theory. But I—"

"Theory is all I have to go on right now."

"Okay, yes, it's possible Arion has siblings. But where have they been? Arion was on the preserve for four years. Why have a family reunion now?"

"Maybe that's where he disappeared to. Maybe he picked up on his siblings' energy when he ran."

"That's not a crazy idea," Vivian admitted. "There is still so much about them we don't understand. The animals on the preserve are showing signs of decline. I can't imagine an animal living out in the world would survive that long."

"I think he's had help." Tiago went on to tell Vivian about the incident at Dr. Gilbert's clinic. " . . . The guy stole three different kinds of medicine."

"What did he take?"

Tiago read the names very slowly, trying not to butcher their pronunciation.

Vivian gasped. It was barely audible.

"Vivian, what are those?"

"Those are anti-psychotic meds for horses."

Chapter 7: Bring on the Dogs
(Ĉapitro 7: Envenu la hundoj, p. 41)

"We're going to take the dogs out to Dr. Gilbert's clinic. Would you like to join us?"

Standing in the door way of Tiago's office was Benito, the crime scene investigator he'd met a few days ago.

"That attack was almost two days ago. What's taken so long?"

"I keep telling them we need our own canine unit. Sharing the dogs with Madison County, we are never the top priority." Benito rolled his eyes.

"Are the dogs still going to be able to follow the scent?"

"You haven't worked with the dogs before, huh? They are amazing. They can follow a scent that is three-hundred-hours old and for over a hundred miles. As big as those animals were. The dogs will be able to find them."

"Great! Let's go."

When they arrived at the clinic, two dogs and their handlers were moving around the receptionist area. The dogs were German Shepherds with sleek black and tan fur. Their ears stood erect and tails were high as they sniffed around the area where the young man told police the unicorns had been. Once their handlers were sure they had the scent, they moved outside.

The handlers gave the dogs a long bit of leash, allowing them to sniff and move around freely. Their focus turned toward the east and they surged forward.

The scent must have been strong because the dogs moved at a fast pace. Tiago and the other officers followed in their vehicles.

After a few turns they came to an open road. Route 62, also known as Coudry Road, led them farther away from the city. Houses were far between and there were very few cars. After ten minutes the dogs abruptly stopped. They paced in one general area, trying to find something, but they had clearly lost the scent.

Tiago, Benito, and the two dog handlers looked around. There was nothing there. No houses. No businesses. Just an open road with two wide meadows on each side. They spread out, hoping the dogs would pick up something else. But it was gone.

Later that evening, Tiago sat in his office staring at a map of the county on his computer. According to the satellite maps, there was nothing in that part of Route 62, just open land.

He opened the website of the county auditor and began looking through property listings of the county. Theirs was a small community. Most people lived walking distance from the center of town. There were a few pieces of large property on the roads that led out of town. He sorted the listings by street name and started scrolling. There were ten properties listed on

Coudry Road and one of them belonged to Evan Deng, Vivian's former partner at Brook Haven.

Chapter 8: 4985 Coudry Road
(Ĉapitro 8: 4985 Vojo Coudry, p. 45)

The internet was full of information about Evan Deng. He was originally from New York. He had moved to their community not long after the mine explosion. Like many he was drawn to the discovery of the unicorns and ran a small business dedicated to the creatures. He offered grooming, mane, and horn accessories, and supplies for unicorn riders.

There were also pictures of Evan and Vivian at Brook Haven. Arion, Kimber, and a slew of other unicorns filled his social media posts. He looked like a happy, normal guy, with a slight obsession for unicorns.

Then two years ago everything stopped. No more social media posts. No more mentions on the internet. Tiago searched a few of the police databases to find there was no cell phone number, and no employment records. Just a single bank account with payments to the utility company. He had an expired driver's license and owned a property at 4985 Coudry Road.

He decided to pay Evan a visit.

Tiago typed 4985 Coudry Road into his phone. The map app pulled up a route but from the satellite view there was nothing at that address. An open meadow with a few trees . . . just like the spot where the dogs stopped.

It was still early in the evening, not quite dusk. The location was just a few miles away, Tiago decided he had enough time to get there before dark.

Twenty minutes later his phone announced, "Your destination is on the left."

He pulled off the road and got out of the car. There was nothing there. No structure. No driveway. There was still some light left so Tiago began walking around. He left the road and wandered a few feet into the grass. And then he spotted it: a trail, ever so faint.

Someone had covered their tracks. As he kicked away the perfectly staged sticks and loose grass, he found the dirt trail riddled with hoofprints.

Tiago followed the trail a quarter mile uphill into a grove of trees. There, sitting between two tall trees was a small narrow shed-like structure. Had he been casually walking through the woods he's sure he would have missed it.

He pulled out his cell phone to take a picture, then started to dial the police station's number. His only warning that something was amiss was a faint whistle in the air, then a slight sting as the dart pierced his neck. Followed by . . . Blackness.

Chapter 9: A Future for the Unicorns
(Ĉapitro 9: Estonto por la unukornuloj, p. 49)

Tiago woke up on the floor. His tongue was thick and his head throbbed. He moaned as he rolled over and sat up slowly. He blinked heavily as he took in his surroundings. He was in a small cell, in the corner of what looked like a lab. The scent of an assortment of chemicals hung heavy in the air. There were no windows, only the harsh glow of artificial light. Studying the concrete walls and steel columns Tiago realized he was in an underground bunker.

Just beyond his cell was a figure standing at a table. As Tiago stood and steadied himself, the man turned around. Evan Deng.

Evan was average height and build. His features were completely unremarkable. He wore a simple T-shirt and jeans, his mop of sandy brown hair slightly tousled. He was the type of person who would blend into a crowd.

"You're up!"

"Evan Deng, I presume?" Tiago's words were slightly slurred.

Evan gave a little bow. "Yes, officer . . ." he glanced at the card in his hand, ". . . Officer Zao."

He walked up to the cell. "Who knows you're here?"

"A few other officers, I have back up on the way." Tiago replied.

Evan stared at him briefly. Off to the side there was the stomping of a hoof and neighing. Tiago turned to see a small unicorn near his cell. The animal's coat, mane, and tail were a tapestry of various colors of green: emerald, teal, mint, and hunter.

Evan shook his head. "I know you're lying." He nodded to the unicorn. "He knows you're lying. That call you made did not go through." He glanced at the phone in his other hand. "Reception is horrible out here. Let's cut this off so we are not disturbed." He pressed a button on the phone and set it on the stainless-steel counter.

"Now," Evan moved a stool in front of the cell and sat down. "Officer Zao, what are you doing here?"

Tiago replied, "I'm looking for the animals who killed all those people at the veterinary clinic."

At that, Evan looked slightly remorseful. "That was unfortunate. But I found the medicine they need and it won't happen again."

As he was talking, a second unicorn moved beside him. Its gait was unsteady. Evan petted the animal. "They are much calmer now."

Tiago eyes widened. "Calmer? Until the anti-psychotic drugs wear off."

Tiago studied the second unicorn. One of its eyes was a brilliant sapphire blue. The other eye was a fluorescent shade of lime green. Its horn wasn't the elegant perfect spiral like all of the animals from

Brook Haven. This animal's horn was asymmetrical and jagged.

Tiago frowned. "Exactly what are you doing here?"

Evan pointed to the two small animals. "I'm bringing back the unicorns." He beamed with pride.

"How? Vivian said they can't reproduce. Those foals won't survive."

"Vivian lacks vision. She would rather hide at that sanctuary and watch these beautiful animals die than take a risk and help them live!" Evan's voice rose.

"Vivian said they can't survive in this world."

"Vivian says a lot of things, but I have found the answer. This is the future of the unicorns." Evan swept his arms wide drawing Tiago's attention to the rest of the lab.

There were rows of glass enclosures and cages of various sizes on the shelves along the walls. Each housed a partially developed animal. Their forms were distorted, missing limbs, mangled bodies, and contorted horns. Some were conscious, making small movements within their confined spaces. Others were suspended in liquid in containers, frozen in time.

Tiago's jaw dropped. His voice just above a whisper. "You're cloning them."

Chapter 10: Arion, Part 2
(Ĉapitro 10: Arion, parto 2, p. 55)

Evan did not respond. He dangled Tiago's car keys and said, "I have to go move that truck of yours. Then I'll figure out what to do with you."

When Tiago was a rookie cop, his uncle, a twenty-year veteran of the police force, gave him a present that he has used more times than he can count: a lock picking set. It was small and thin, about the size of a credit card. He had all of his shirts tailored to include a small pocket on the bottom hem. That pocket held the lock picking set. He carried it with him all of the time, everywhere he went and today, once again, it came in handy.

Tiago moved quickly, grabbing his cell phone and wallet off the counter. The two unicorns hardly seemed to notice him. Evan was right; the medicine made them much calmer.

He turned on the cell phone and, as Evan pointed out, there was no reception. He needed to find his way outside and call for back up. To his right was the door that Evan had exited through. Wanting to avoid an encounter, Tiago decided to look for a second door. Just beyond the lab he heard the loud humming of a motor periodically accentuated by a zapping sound. Then he heard a neigh.

He followed the sound down a short corridor that opened to a larger space. Along the walls were shelves with more specimen in jars. In the middle was an elevated platform. Standing on the platform was a large unicorn with a solid dark green coat.

Arion . . . or what was left of him. Gaunt, patchy coat, visible bones through sagging skin. In Vivian's pictures Arion had a large emerald horn. This poor creature's horn was merely a stump, crumbling. There were tubes coming from his body and every few seconds an arc of lightning would fly from his horn to a machine suspended from the roof.

It was worse than Tiago imagined. Evan was taking everything from Arion: blood, skin, hair, energy. If the two smaller animals were any indication, he was close to successfully cloning a stable unicorn. What would that mean for Arion? What would that mean for the other animals in Vivian's sanctuary. Surely once Evan perfected his technique he would need more specimens. Tiago couldn't let that happen.

He started pulling every tube, cable, plug and wire he saw. He was determined to shut this down.

Chapter 11: Protector
(Ĉapitro 11: Protektanto, p. 59)

"No! No! No! No!" Evan stood in the doorway. "What have you done?" His hands were pulling at his hair and his eyes were wide.

"You were supposed to protect them!" Tiago's jaw tightened, his fists clenching at his sides.

"This is bigger than one animal. We can bring them back."

"Not like this." Tiago turned his back and pulled at the remaining tubes.

Evan lunged forward snatching Tiago's shirt. Tiago spun around and punched Evan in stomach. Evan recovered quickly and charged at Tiago with his head down, pushing him into a shelf. The sound of shattering glass filled the lab as they crashed into tables and sent jars flying. Near them, Tiago could see the two small unicorns stamping their feet and neighing. They were backing away from the noise.

Tiago drove his elbow into Evan's back several times until Evan released him. Evan swung blindly but Tiago sidestepped the punch, both men sliding in the liquid mess that spread across the floor. Tiago felt something squish beneath his feet. He swallowed hard, not wanting to consider what he might be stepping on.

Evan stumbled forward, picked up a piece of a broken jar, and took a swipe at Tiago. When Tiago put his arm up to block the blow, the glass gashed through his skin. He paused, stunned by the pain. The air was thick with the scent of chemicals and blood.

Evan took advantage of the moment. He wrapped his hands around Tiago's throat and pushed him into the wall. Tiago strained against Evan's weight. His arms thrashed trying to grab ahold of something but Evan's arms were longer than his. His vision began to blur and his breath grew ragged.

In the corner of his eye Tiago saw Arion. The animal's gait was so labored it looked like he was moving in slow motion. He lowered his head as he picked up speed and plunged his blunted horn into Evan's side. Evan grunted, lost his footing and fell to the floor. Before Tiago could react, Arion reared to full height and brought his front hooves crashing into Evan's abdomen. He reared again, this time crushing the man's chest. Then the unicorn collapsed onto the floor next to Evan.

Chapter 12: The Beast of Brookhaven, pt. 2
(Ĉapitro 12: La besto de Brukhejven, parto 2, p. 63)

The sign at the end of the driveway read "Brook Haven, Private Property. KEEP OUT." This time the gate was open. Tiago slowly turned into the driveway. The engine labored under the weight of the trailer that was hitched to his police truck. He made his way up the slight incline of the gravel drive. The drive was lined with trees and thick grass. Slowly the green gave way to shades of purple, teal, and orange. At the top of the drive stood Vivian and Kimber.

Kimber's ears were twitching as she sniffed the air. Vivian stroked her mane, talking to her. Tiago stopped the truck and he rolled down the window, waiting for instructions.

"That's far enough." Vivian said. "The noise and exhaust from the vehicle aren't good for the animals."

Tiago turned off the engine and got out. He studied Vivian and Kimber for a moment, then asked, "Are you sure you want to do this?" He was staring at Kimber.

The unicorn nodded, the gold streaks in her purple mane shined brightly in the late morning sun.

Tiago looked at Vivian. "And you? Are you sure?"

Vivian nodded also. "It's the right thing to do."

Tiago walked around to the back of the trailer. He returned holding a pair of reins. He was leading the two unicorns from Evan's lab. As he brought the animals closer to Kimber, she stamped her feet, ears back and nostrils elongated.

Tiago and Vivian froze. Tiago's breath was rapid and shallow, his heart thumped against his chest. Vivian was biting her lip.

Kimber walked around the two unicorns with their coats multiple shades of green. They reared slightly and shook their manes. Next to her they were small, their coats dull and their horns ragged. She sniffed each one, then nuzzled their necks briefly. Vivian exhaled loudly.

"We can take these bridles off." Vivian worked on the buckle for the animal closest to her. "Do they have names?"

"From Evan's notes it looks like he was calling them Jada and Emmy," Tiago replied as he freed the other one.

Kimber began walking away. She paused, turned to look at the two smaller animals, and snorted. They followed her up the hill into the sanctuary.

Tiago turned to Vivian. "I'm sorry I wasn't able to bring Arion home."

They stood silent for a moment looking out over the meadow. In the distance they could hear the other unicorns whinnying at the newest arrivals.

"Were you able to save any of the others?" Vivian asked.

Tiago shook his head vigorously. "No. None of them were stable." Then he pointed in the direction where Kimber, Jada, and Emmy had disappeared. "Vivian, I'm not certain those two are stable. Are you positive you want them here?"

"What's the other option? Let them run wild? Send them to a research facility? Destroy them?" Her voice started to crack. She took a deep breath, then continued, "No. It's better for them to be here. The other unicorns will teach them. The environment will nurture them. They'll be okay."

Then she asked, "Were you able to bring the other stuff?"

"Yes." Tiago walked to his truck and opened the back door. He returned carrying a few notebooks. "I don't understand why you want these."

She took the books from him and began flipping through the pages. "No one came close to Evan's understanding of unicorn anatomy and physiology. If only he had used that knowledge for something good."

"He seemed to think he was doing something good by finding a way to preserve the animals." Tiago wasn't sure why he was defending the man who tried to kill him.

Vivian was lost in one of the notebooks. "His work is quite amazing, perhaps there is something here that will help me preserve them naturally."

"There's one thing that's bothering me." She had closed the book and was frowning at Tiago. "Evan's underground lab sounded quite impressive. How was he able to afford a facility like that?"

Tiago had asked himself the same question. Digging into Evan's finances had revealed a series of large deposits into his bank account two years ago. All cash, deposited over the course of several months. There was no way to track the source.

Tiago followed Vivian into the sanctuary. As she took the notebooks into the house, he walked to the backside of the barn, overlooking the meadow. He found Jada galloping around with Chloe and Devon.

Already he could see a difference in Jada's gait; it was steady and strong. Emmy was standing off to the side, eating the colorful grass.

They didn't look like two creatures who had trampled and impaled several people two weeks earlier.

Kimber stood close to Emmy with her ears perked and nostrils flaring as she scanned the surroundings. She locked eyes with Tiago and for a moment he could feel a wave of energy flow through him . . . protective, cautious, concerned, and hopeful. Tiago suddenly knew why Jada was playing in the meadow with the other animals and Emmy was not. He wasn't concerned; he and Kimber now had an understanding.

Intermediate Esperanto Reader: The Afterlife

(La Vivinteco)

An Esperanto Dual Language Novella

by Myrtis Smith

Esperanto Translation by Amanda Higley Schmidt

Ĉapitro 1: Bonvenon al la Vivinteco

(Chapter 1: Welcome to the Afterlife, p. 137)

Aleksandro vivis inter la homoj dum pli-malpli tricent jaroj. Mallonge, kompare al multaj aliaj el la gardanĝeloj. Li konis gardiston kiu estis sur la Tero dum pli ol du mil jaroj kaj fakte ĉeestis la krucumon de Jesuo. Estis malfacila tempo esti gardanĝelo, en tiu epoko. La spirita energio sur la Tero estis tre alta tiutempe; malicaj spiritoj pretis ataki homojn en ĉia situacio.

Post du jarmiloj, la malicaj spiritoj estas ankoraŭ aktivaj, sed nuntempe iliaj metodoj estas pli subtilaj. Moderna teknologio faciligas tion, kaj homoj fariĝis pli konvinkeblaj. La interreto permesas, ke nura klavar- tajpado influu, kortuŝu, persvadu milionojn. Homoj pasigas pli da tempo spektante ekranojn ol ekstere en la naturo, kaj ili ne faras multon por protekti siajn mensojn. La averaĝa homo ekzistas por esti spektanto de amuzaĵoj.

La homaro, pro ĝia multobliĝo, iĝis tro multenombra por ke la gardanĝeloj povu plenumi sian originalan devon protekti homojn. Nun la anĝeloj servas pli kiel intuicio: la eta silenta voĉo kiu flustras avertojn eviti malluman strateton, aŭ kontroli kaj certigi, ke pordo estas ŝlosita. Ili pasigas la plejparton de sia tempo rigardante, flustrante, kaj gvidante la novmortintojn al la vivinteco.

Aleksandro malŝatis gvidi pli ol ion ajn alian. Li neniam sciis ĉu la persono kiun li devos gvidi bonvenigos kaj akceptos morton, aŭ provos rezisti. Kvankam li sciis la ekzaktan momenton kiam okazos la morto de iu homo, ĝi ĉiam tamen surprizis lin... kiel hodiaŭ.

Aleksandro sidis sur tegmento rigardante la straton sube... atendante. Li povus simple stari ĉe la angulo de la strato por atendi. Ne gravus ĉu   homoj vidus lin. Anĝeloj ekzistas tuj preter la homa vidkapablo, kvazaŭ la fenomeno, kiam oni sentas iun malantaŭe, turnas sin por rigardi, sed maltrafas. Sidante sur la tegmento, li povis bone vidi la aŭtoakcidenton kiu estis okazonta antaŭ li.

Je la 8:03-a ptm, Katrina Mays turnis sian aŭton suden sur Brookway Avenuo. Ŝi stiris bluan Toyota Camry je rapido de ekzakte 37 mejloj hore. Ŝia dektrijara filino, Olivia, sidis en la pasaĝera seĝo apud ŝi. Ili kune laŭte kantis kantojn de la 80-aj jaroj, kun plena entuziasmo. Olivia ridis je la malmoderna stilo de la kantoj de la patrino. Ravis Katrinan tio, ke Olivia scia s ĉiujn vortojn.

Je la 8:05-a ptm ekzakte, Rikardo Danders turniĝis norden sur Brookway Avenuo. Lia kamiono veturis ekzakte 63 mejlojn hore. Kvankam Rikardo ne rimarkis, la injektilo de la heroino kiun li ĵus aĉetis ankoraŭ restis en lia brako. Li ne konsciis kie li estas, kiom rapide li iras, kaj li sentis nenion kiam lia kamiono transiris la flavan linion kaj frapegis front-al-fronte la aŭton de Katrina.

La polico poste diris al Erik, la edzo de Katrina, ke estas miraklo, ke Olivia ne vundiĝis. Malgraŭ tio, ke la aŭto turniĝadis kaj finfine koliziis kun telefonfosto antaŭ ol halti, estis neniom da damaĝo al la pasaĝera flanko. Pri la ŝofora flanko, tute male. Oni devis elsegi Katrinan el la aŭto, kaj per helikoptero transporti ŝin al proksima hospitalo.

Ĉe la hospitalo Aleksandro evitis la atendoĉambron. Li sciis, ke Erik kaj Olivia atendas tie, esperante ke Katrina travivos. Li ne eltenus vidi ilian esperon iĝi malespero, lamento, kaj fine kolero, kiam ili ekscios la veron, kiun Aleksandro jam sciis. Kion ili ne komprenis – ne kapablis kompreni ĝuste nun – estis la celo de la morto de Katrina. Olivia tiom koleriĝos pri la opio-epidemio kiu plagas ŝian urbon, ke ŝi iĝos kuracista esploristo kaj malkovros manieron malŝalti la meĥanismon de la cerbo kiu kaŭzas drogdependiĝon. Ŝia laboro savos la vivon de milionoj da homoj. Kaj la kosto de tiu mirakla malkovro: la vivo de ŝia patrino.

Aleksandro sidis kviete, nerimarkata en la angulo de la operacia ĉambro kie kirurgo febre laboris por savi la vivon de Katrina. Li sciis, ke la laboro de la kirurgo ne funkcios. Oni sendis lin tien por kolekti la animon de Katrina. Estis tempo, ke ŝi foriru.

La momento fine alvenis. La korpo de Katrina konvulsiis, unu el la maŝinoj konektitaj al ŝi komencis furioze sonorigi alarmon. Li rigardis dum vaporo ekleviĝis el ŝia korpo. Ĝi elradiis lumon dum ĝi kreskis, ĝis finfine ŝia spirito plene apartiĝis de ŝia korpo, ŝvebis al la supro de la ĉambro, kaj kuniĝis en travideblan, fantomecan imagon de Katrina.

La spirito de Katrina rigardis ĉirkaŭ la ĉambro. Ŝi vidis la korpon – sian korpon – kuŝanta sur la operacia tablo, kaj ŝi subite anhelis, ŝokite. Ŝi rimarkis, ke ĉiuj atentas la korpon kaj neniu vidas ŝin krom bela viro sidanta en la angulo; li rigardis ŝin atentege.

"Ĉu mi estas... mortinta?"

Aleksandro kapjesis.

"Olivia?"

"Ŝi estas en ordo. Ŝi havas nur kelkajn vundetojn."

"Ĉu mi rajtas vidi ŝin?"

"Ne."

"Erik?"

"Li estas kun ŝi. Ili estos en ordo."

"Ĉu mi ne rajtas adiaŭi ilin?"

Aleksandro kapneis. Li lernis, per malfacilaj spertoj, ke tio estas nepre ne farenda. Homoj jam sufiĉe malfacile akceptas sian propran morton. Permesi al ili vidi la amatojn unu plian fojon nur multe pli malfaciligas la foriron. Estis pli bone doni momenton alkutimiĝi al la nova realo kaj transiri. Li estis certa, ke se Katrina fizike kapablus, ŝi plorus. Ĉar la nova formo ne permesas larmojn, ŝi simple ŝvebis, triste rigardante   sian ŝiritan korpon.

Post kelkaj momentoj li ŝvebis supren al ŝi kaj metis siajn manojn sur ŝiajn ŝultrojn. "Ni iru."

"Kien ni iras?"

"Al via vivinteco."

Chapter 1: Welcome to the Afterlife

(Ĉapitro 1: Bonvenon al la Vivinteco, p. 131)

Alexander had only lived among the humans for about three hundred years. That was but a brief time compared to many of his other fellow guardian angels. He knew one guardian, who had been on Earth for over two thousand years and had actually witnessed the crucifixion of Jesus. It was a difficult time to be a guardian angel back then. The spiritual energy on Earth was very high at that time; evil spirits were waiting to attack humans at every turn.

Two millennia later the evil spirits were still active, but nowadays their ways were subtler. Modern technology made it easier and people were becoming more susceptible. The internet allowed millions to be influenced, touched, persuaded with the press of a few keys. People spent more time staring at screens than they did out in nature and they weren't doing much to protect their minds. The average human existed to be entertained.

As the human population had expanded there were too many of them for guardian angels to fulfill their original charge of protecting humans. Now the angels served more as intuition. That small still voice that whispered warnings to avoid a dark alley, or to check and make sure a door was locked. They spent most of their time watching, whispering, and guiding the newly deceased to the afterlife.

Alexander dreaded guiding more than anything else. He never knew if the person he was assigned was going to welcome and accept death or try to fight it. Even though he knew the exact moment and time of the person's death, it always seemed to catch him by surprise . . . like today.

Alexander sat perched upon a roof looking at the street below . . . waiting. He could have just as easily stood on the corner of the street and waited. Being seen by humans was never a worry. Angels exist just outside the human range of vision, like when you turn and look but just miss a person who has walked by. Sitting on the roof, he could get a full view of the accident that was about to unfold before him.

At exactly 8:03 p.m. Katrina Mays turned south on Brookway Avenue. She was driving a blue Toyota Camry going exactly 37 mph. Her thirteen-year-old daughter, Olivia, sat in the passenger seat next to her. The two were singing old '80s songs at the top of their lungs. Olivia was laughing at how corny her mom's old music sounded. Katrina was impressed that Olivia knew all the words.

At exactly 8:05 p.m. Richard Danders turned north on Brookway Avenue. His pickup truck was going exactly 63 mph. Not that Richard knew this, the needle was still in his arm from the shot of heroin he recently purchased. He didn't know where he was, how fast he was going, and he didn't feel a thing when he crossed the yellow line and slammed into Katrina's car head-on.

Later the police would tell her husband, Erik, that it was a miracle Olivia wasn't hurt. While the car had spun and eventually crashed into a telephone pole before stopping, there was no damage to the passenger side. The driver's side was a different story. They had to cut Katrina from the car, then airlift her to a nearby hospital.

At the hospital Alexander avoided the waiting room. He knew Erik and Olivia were there waiting, hoping that Katrina would survive. He couldn't stand to watch their hope turn to despair, grief, then anger, once they learned the truth he already knew. What they did not understand—could not understand at this point in time—was the purpose of Katrina's death. Olivia would be so outraged at the heroin epidemic that was plaguing their city that she would become a medical researcher and discover a way to turn off the brain's addictive mechanism. Her work would save the lives of millions. And the cost of that miracle discovery: her mother's life.

Alexander sat quietly, unnoticed in the corner of the operating room while a surgeon worked feverishly to save Katrina's life. He knew the surgeon's work was in vain. He had been sent there to retrieve Katrina's soul. It was time for her to leave.

The moment finally came. Katrina's body convulsed, one of the machines she was hooked to started beeping furiously. He watched as a mist started to rise from her body. It glowed as it grew, until finally her spirit fully separated from her body, floated to the top of the room, and coalesced into a transparent, ghost-like reflection of Katrina.

Katrina's spirit looked around the room. She saw the body—her body—laying on the operating table and she gasped. She noticed that everyone was focused on the body and no one saw her, except for a beautiful man sitting in the corner; he was watching her intently.

"Am I . . . dead?"

Alexander nodded.

"Olivia?"

"She's okay. Just a few scratches."

"Can I see her?"

"No."

"Erik?"

"He's with her. They'll be okay."

"I can't say goodbye?"

Alexander shook his head. He had learned, the hard way, that was one of the worst things to do. People had a difficult enough time accepting their own death. Giving them a chance to see their loved ones one more time made leaving that much harder. It was better to let them have a moment to process their new reality and move on. He was sure that if Katrina was physically able to, she would have cried. As her new form would not allow tears, she just floated, sadly looking at her mangled body.

After a few moments he floated up to her and put his hands on her shoulders. "It's time to go."

"Where are we going?"

"To start your afterlife."

Visit KylanVerdeBooks.com for this and more dual language books!

About the Author

Myrtis Smith estas usona esperantistino, instruisto tage kaj aspiranta artisto nokte. Ŝiaj ŝatokupoj inkluzivas verkadon, dancadon, kudradon, marŝadon kaj, kompreneble, Esperanton.

http://www.KylanVerdeBooks.com

www.ingramcontent.com/pod-product-compliance
Lightning Source LLC
Chambersburg PA
CBHW061247170626
46809CB00007B/2876